AF452820

5 juin 1909

marqué P

VENTE
Du Samedi 5 Juin 1909
HOTEL DROUOT, SALLE N° 10
A DEUX HEURES

❖

TABLEAUX

ANCIENS ET MODERNES

Aquarelles, Dessins, Gouache, Pastels

GRAVURES

COMMISSAIRE-PRISEUR
Me HENRI BAUDOIN
Successeur de M. Paul CHEVALLIER

EXPERT
M. JULES FÉRAL

CATALOGUE

DES

TABLEAUX

ANCIENS ET MODERNES

Par

BOILLY, BOUDEWYNS, S. BOURDON, BRAKENBURG, CABAT, CRÉPIN,
F. FRANCK, J. VAN GOYEN, GREUZE, VAN HEIL,
HELLEU, HERRERA, J.-B. HUET, HUGTENBURG, L. DE LA HIRE,
J.-B. LE PRINCE, LINGELBACH, DE MACHY, Mlle C. MAYER,
VAN DER POEL, R. DE LA PORTE, RANC, SAVERY, SCHENEAU,
STELLA, SWANEVELT, C. VAN LOO, VERKOLJE,
LOUIS VIGÉE, R. DE VRIES, WILDENS, ETC , ETC

Aquarelles, Dessins, Gouache, Pastels

GRAVURES

DONT LA VENTE AURA LIEU A PARIS

HOTEL DROUOT, SALLE N° 10

Le Samedi 5 Juin 1909

à deux heures

COMMISSAIRE-PRISEUR	EXPERT
Mᵉ Henri BAUDOIN	**M. JULES FÉRAL**
Successeur de M. Paul CHEVALLIER	7, rue Saint-Georges
10, rue Grange-Batelière	PARIS

EXPOSITION PUBLIQUE

Le Vendredi 4 Juin 1909, de 2 heures à 6 heures

CONDITIONS DE LA VENTE

Elle sera faite au comptant.

Les adjudicataires paieront *dix pour cent* en sus des enchères.

Paris — Imp. de l'Art, Ch. Berger, 41, rue de la Victoire.

DÉSIGNATION

AQUARELLES, DESSINS
GOUACHE, PASTELS, GRAVURES

BONINGTON (Genre de)

1 — *Aux bords d'une rivière.*

Aquarelle.

BOSIO (Attribué à)

2 — *Une Loge d'artistes.*

Dessin à la plume et au lavis d'encre de Chine.

BOURDON (Sébastien)

3 — *Mise au tombeau.*

Dessin au crayon noir.

CARESME (Genre de)

4 — *Les Baigneuses.*

Gouache.

FALCONNIER (Léon)

5 — *L'Odalisque.*
Pastel.

GOYEN (Jan Van)

6 — *Paysans sur une route.*
Dessin au crayon noir.

GREUZE Jean-Baptiste)

155

7 — *Tête d'enfant.*
Dessin à la sanguine.

GREUZE (Genre de J.-B.)

140

8 — *Buste d'enfant.*
Aquarelle.

HELLEU

9 — *Jeune Femme appuyée sur un coussin.*
Pointe sèche.

HUET (J.-B.)

255

10 — *Le Singe prédicateur.*
Aquarelle.

KAUFFMANN (D'après Angelica)

165

11 — Deux gravures anglaises.

LANOUE (Hippolyte)

12 — *Vaches au pâturage.*
Pastel.

MAYER (Mlle Constance)

13 — *Portrait de Lucile Desmoulins.*
Dessin au crayon noir rehaussé de blanc.

NATTIER (D'après)

14 — *Jeune Femme vêtue de blanc.*
Pastel.

OMMEGANCK (Attribuée à)

15 — *Troupeau de moutons.*
Aquarelle.

PATER

16 — *Jeune Femme assise tenant une tasse.*
Dessin à la sanguine.

PIROLA
(DEUX PENDANTS)

17 — *Villageois espagnols.*
Aquarelles.

ROBERT (D'après Hubert)

18 — *Monuments de Rome.*
Gravure, par l'Abbé de Saint-Non.

SCHENEAU (JEAN)

19 — *Jeune Fille jouant du triangle.*
Dessin au crayon noir rehaussé de blanc.

VERNET (Attribué à JOSEPH)

20 — *Pêcheurs au bord d'un cours d'eau.*
Dessin à la plume.

VIGÉE (LOUIS)
(DEUX PENDANTS)

21 — *Portrait de Jeune Femme.*

— *Portrait d'un Gentilhomme.*
Pastels.

ÉCOLE FRANÇAISE (xviiiᵉ siècle)

22 — *Gentilhomme en buste.*
Dessin à la sanguine.

ÉCOLE FRANÇAISE (xviiiᵉ siècle)

23 — *Portrait de Jeune Femme.*
Pastel de forme ovale.

ÉCOLE ITALIENNE

24 — *Paysage avec constructions.*
Dessin à la sépia.

ECOLE ITALIENNE

25 — *Saints personnages.*
Aquarelle.

ÉCOLE ITALIENNE

26 — *Figures allégoriques.*

Dessin à la plume.

ÉCOLE ITALIENNE

27 — *Un Chemineau.*

Dessin rehaussé de blanc.

ÉCOLE MODERNE

28 — *Rochers dans la forêt de Fontainebleau.*

Aquarelle.

29 — Dessins ou gravures, par ou d'après ALBANE, BOUCHER, BOILLY, LEPRINCE, CASTIGLIONE, etc.

TABLEAUX ANCIENS
ET MODERNES

ALBANE (Attribué à)

30 — *Suzanne et les vieillards.*

Peinture sur cuivre.

BASSAN (Attribué au)

31 — *Jésus chez Marthe et Marie.*

BERTIN

32 — *Pêcheurs tirant leurs filets.*

BOILLY (L.-L.)

33 — *Portrait de Femme en robe grise.*

BOUDEWYNS (ADRIEN-FRANÇOIS)

34 — *Bords de rivière animés de nombreux personnages.*

BOULENGER

35 — *Intérieur de village.*

BRAKENBURG (RICHARD)

36 — *L'Entretien galant.*

Signé et daté : *1693.*

BREUGHEL (École de)

37 — *Vue de Hollande.*
Effet de neige.

BRUYN (Attribué à Barthélemy de)

38 — *Portrait de Femme âgée.*

305

CABAT (Louis)

39 — *Cours d'eau sous bois.*
Signé et daté : *1867.*

300

CANO (Attribué à Alonzo)

40 — *Moine baisant un crucifix.*

CERQUOZZI

41 — *Fruits sur une table.*

COIGNET (J.)

42 — *Le Vieux Chêne.*

COUTURIER (Ph.)

43 — *Combat de coqs.*

COYPEL (Attribué à Antoine)

44 — *Sujet biblique.*

CRÉPIN

45 — *Berger sous une grotte.*

CUYP (Attribué à Albert)

46 — *Le Retour des Pêcheurs.*

DANLOUX (Attribué à)

47 — *Portrait d'un Gentilhomme.*

DECAMPS (Attribué à)

48 — *Le Repos du muletier.*

DECAMPS (Genre de)

49 — *Singe jouant de la guitare.*

DE MARNE (Genre de)

50 — *Paysage avec figures et animaux.*
Cadre en bois sculpté.

DYCK (D'après Antoine Van)

51 — *Portrait d'une Princesse.*

ESBRAT (R. N.)

52 — *Paysage et animaux.*

FRA ANGELICO (D'après)
(DEUX PENDANTS)

53-54 — *Légendes de la vie d'un Saint.*

FRANCK (François)
(DEUX PENDANTS)

55 — *L'Adoration des bergers.*

56 — *L'Adoration des mages.*

GUARDI (Genre de Francesco)

57 — *Vue de Venise.*

HEIL (Daniel Van)

58 — *L'Incendie de Troie.*
Peinture sur cuivre.

HERRERA (Francisco)

59 — *Vieillard en buste.*

HUET (J.-B.)

60 — *Pâturage.*
Esquisse.

HUGTENBURG (Jean Van)

61 — *Combat de cavaliers devant une place forte.*

HIRE (Laurent de la)

62 — *Allégorie de la peinture.*

LAGRENÉE (Genre de)

63 — *Flore.*

LAMBINET (Artribué à)

64 — *Les Bords de l'Oise.*

LEFÈVRE (Attribué à Robert)

65 — *Portrait de Femme en corsage noir.*

LÉGER

66 — *Portrait d'Homme en habit bleu.*
Signé et daté : *1776.*

LÉPICIÉ (Attribué à)

67 — *Portrait d'Enfant.*

LE PRINCE (J.-B.)

68 — *Jeune Femme en costume oriental étendue sur un lit de repos.*

LINGELBACH (JEAN)

69 — *Armée en marche dans un défilé.*

LINGELBACH (JEAN)

70 — *Port de mer avec monuments en ruine.*

MACHY (PIERRE-ANTOINE DE)

71 — *Monuments de Rome.*

MACHY (PIERRE-ANTOINE DE)

72 — *Monuments de Rome.*

MANET (Attribué à)

73 — *Portrait de Femme vêtue de noir.*

MARILHAT (Attribué à)

74 — *Étude d'arbres.*

METZU (D'après)

75 — *La Leçon de musique.*

MORO (Attribué à ANTONIO)

76 — *Portrait d'Homme en buste.*

MORO (Genre d'ANTONIO)

77 — *Portrait d'une Dame de qualité.*

NATOIRE (Attribué à)

78 — *La Toilette de Vénus.*

NATTIER (École de)

79 — *Portrait d'un Maréchal.*

NEER (Attribué à VAN DER)

80 — *Vue de Hollande ; effet de neige.*

PANNINI (JEAN-PAUL)

81 — *Ruines et figures.*

POEL (VAN DER)

82 — *L'Incendie de Troie.*

PORTE (ROLAND DE LA)

83 — *Nature morte.*

POTTER (Genre de PAUL)

84 — *Un taureau.*

PRIMATICE (École du)

85 — *Joueurs de flûtes.*

PRUD'HON (D'après)

86 — *L'Assomption de la Vierge.*

RANC (JEAN)

87 — *Portrait de L. Urbain de Caumartin.*

RUBENS (École de)

88 — *Scène de résurrection.*

RUBENS (École de)

89 — *La Sainte Famille, Sainte Anne et Saint Jean-Baptiste.*

RUBENS (École de)

90 — *Le Christ déposé de la croix.*

RUYSDAEL (Attribué à Salomon)

91 — *Forteresse dominant un fleuve.*

SAVERY (Roland)

92 — *Paysage avec constructions.*

SOYER (Paul)

93 — *Jeune Femme étendue sur un divan.*
Signé à droite.

STEEN (Attribué à Jean)

94 — *Le Médecin et la Femme malade.*

STELLA (Jacques)

95 — *L'Assomption.*

SWANEVELT (Herman)

96 — *Pêcheurs devant une cascade.*

TIMBAL (Th.)

97 — *Portrait de Mgr Bastide.*
Peinture sur carton.

VAN LOO (Carle)

98 — *L'Adoration des Mages.*
Esquisse.

VERKOLJE (Nicolas)

99 — *Le Marchand de cornes.*

VIEN (Attribué à)

100 — *Pygmalion et Galatée.*

VILLEBESSEYX (Gustave)

101 — *Giroflées.*

VOILLE (Attribué à)

102 — *Portrait de Jeune Femme en robe de brocart.*

VRIES (Jean-Renier de)

103 — *Le Chemin tournant.*
Signé au centre en toutes lettres.

WILDENS (Jean)

104 — *Lisière de forêt.*

ZURBARAN (Attribué à)

105 — *Sujet religieux.*

ÉCOLE ANGLAISE

106 — *Paysage accidenté avec femme à cheval au premier plan.*

ÉCOLE ESPAGNOLE (XVIIe siècle)

107 — *Ecce Homo.*
108 — *Moine en méditation.*

ÉCOLE FLAMANDE (xviie siècle)

109 — *L'Apparition d'un Saint.*

ÉCOLE FLAMANDE

110 — *Portrait d'une abbesse.*

ÉCOLE FRANÇAISE (xviiie siècle)

111 — *Jeune Femme en corsage bleu.*

ÉCOLE FRANÇAISE (xviiie siècle)

112 — *Fillette accoudée sur une table.*

ÉCOLE FRANÇAISE (xviiie siècle)

113 — *Portrait de Jeune Homme.*

ÉCOLE FRANÇAISE

114 — *Fleurs et fruits.*

ÉCOLE HOLLANDAISE

115 — *Marine à l'embouchure d'un fleuve.*

ÉCOLE MODERNE

116 — *Vue de la Forêt de Fontainebleau.*

ÉCOLE NAPOLITAINE

117 — *Le Dénicheur de pigeons.*

118 — Sous ce numéro, qui sera divisé, seront vendus des tableaux anciens et modernes.

www.ingramcontent.com/pod-product-compliance
Lightning Source LLC
LaVergne TN
LVHW012155170726
843503LV00009B/4191